隠岐島周辺の海流について

神田 周治
KANDA Chikaharu

文芸社

まえがき

筆者は、一九九六年に水産庁に入省し、八年八ヶ月間そこで働いて、十二年少しで退職した。

水産庁の取締船に乗船して得た経験を還元したく、この本を作った。これは、私しか施せない面目である。

この本は類書に一書を加えるという本である。が、読んだ者が一つ二つ得るところがあれば幸いである。

目次

I

私の四半生の記

一九九六年十月から一九九七年九月まで取締船〈はつたか〉に乗船して、一九九七年十月からもいくらか乗った。何もない時は、隠岐島の周辺を右回り（時計回り）に回ったり、左回り（反時計回り）に回ったりしていた。

一九九六年四月に香住入社、一九九七年十月に境港に転勤、四年三ヶ月間そこで働いていて、それから二〇〇二年一月下関に転勤して二年十一ヶ月そこで勤めた。

隠岐島には島前《どうぜん》と島後《どうご》があり、本州から近い方が島前で、遠い方が島後である。島前には浦郷町があり、入り江として〝浦郷湾〟、広くて停泊しやすい〝別府湾〟がある。島後には、西郷町があり〝西郷湾〟がある。

隠岐島には、島前と島後との間に海峡があるほか、島前には知夫利島という小島もあった。またヒーゴ島、ローソク岩などがある。

隠岐島では毎年、牛の角突き大会が催される。また、毎年、子供の相撲大会もするそうである。

隠岐島は、承久の乱を起こした、後鳥羽上皇が流されたところであり、島前にはそれをなだめる神社がある。

境港から隠岐島まで、取締船で三十分か一時間かかった。隠岐島へ海路で行く交通手段は、境港と七類《しちるい》から速度の速い順に、〈レインボー〉〈しらしま〉〈くにじ〉というフェリーが出ている。

初めの年の夏はベタ凪だったが、次の年か次の次の年は波が高かった。

ベタ凪とは、水面が波の高さ0・5メートルより低くなるという状態で、水面がベタッと真っ平らになる状態である。

ちなみに、1海里（マイル）とは、1852メートルのことである。陸上の1マイルとは違う。

夏には対馬海流の勢いが強く、潮の流れは南西から北東部へと向いているが、冬にはリマン海流の勢いが強く、北東から南西へと向いている。

八月に乗った航海で、このことを確認した。

平成八年の十月から乗った、その年の夏は海面はベタ凪であり、平成九年の七月、八月も水面はベタ凪であったが、平成十年頃は、夏は水面が波高く荒れていた。

〈みうら〉に乗った時の白石船長か、何々というチョッサーが、

「いつもこの時期（夏）になるとベタ凪じゃないですか」

と訊かれて、「そうですね」と答え、本当に平成十年頃の海面の動向は変わっていた。

取締船で航海する時、速度計メーターで何ノットか出ていたが、夜は海上で流した。

船は斜め後ろからの波には弱いと教えてもらった。

〈第5平成丸〉が境港へ寄港の際、境港漁調の大北さんと一緒に行き、平成七年の阪神淡路大震災の救援物資を運搬したことの表彰状がサロン（応接室）に掲げているのを見せてもらった。

船長から「頭がいいんだけど、あれこれしているだけで、何もうまくできないんだ」という話を聞いた。

その日の晩の食事は肉じゃがで、少し吐きそうになった。


海上保安庁の巡視船は全部で七百何隻あった。

隠岐島周辺には、小型底びきや小型きんちゃく（小型まき網）などの船や、遊漁船が漁業をしている。

公海上は自由通行権、国際海峡は通過通行権、領海内は無害通行権がある。

小生は、山口の萩沖の周辺で、遊漁船や釣り船を見た。小さな小さな船ばかりである。国が漁業を許可した船ではなく、日誌に書こうとしたら、叱られた。

筆者が平成九年の十月か十一月に、取締航海した時、夕食後の夜に八管から、

「隠岐島のヒーゴ島に小型まき網か小底が禁止内縁線《ないりんせん》を越えて操業しているので見てほしい」

との電話があり、現場に行ってみたが、小船が灯りをつけてたくさんおり、分からなかった。

〈みうら〉の××船長に、

「漁業を仕事にしに入る、若年の者が毎年少なくなっており、漁師もじり貧になっているが、筆者が東京大学に行ったことがあるため（私が頭がいいと思ったため）、監督官どうにかして下さいよ」

と言われたが、筆者は「それよりは、普通の大学を出て就職のない者を、どうにか就職させることが先だ」と思った。もしかしたら、就職しない者はやる気がないのかもと思った。

一九九六年の筆者の初航海の時は、境港の共和水産の隣の小中組合長に、上司に連れてもらって、顔見せに行った。

初航海では、隠岐島の浦郷町に上陸し、隠岐支庁（島根県）の水産課に連れて行ってもらって、課長と課長補佐（か？）の名刺をもらった。共水連・信漁連・香住無線（もう一つは漁船保険）が入っていて、どこも妙齢の女性がいて、とてもよろしかった。本庁の石関さんという人が、香住に昔来た時、「この辺りの女性の人は綺麗ですね」と言い、筆者もそれを聞いて嬉しかった。

境港で取締船に乗っている時、燃油をたくさん使った時があった。石川県の水産課の増田さんというのと、鳥取県の水産課のAさんという人が言い方きつかった（しっかりしていた）。自分に礼している。吉田さんが本庁の人間がぺこぺこするのは自分に礼していると言っていた。

恒松さんという人が水産庁の本庁におり、有名人物だった。

恒松さんは、筆者が境港漁調で働いていた時、韓国語の語学研修へ行かないで働いていたので、驚いて私に「なぜ韓国語研修に行かないの？」と不思議そうな顔をして訊いてきた。

そして、午後五時を過ぎても仕事をしていると、「ここ、終業時間は午後五時だろ（本庁は午後五時四五分）」と言っていた。

また、白板に〝藤丸〟と書かれてあるのを見て、「〝藤丸〟ってどんな船？」と訊いたので、〝藤丸〟という人の名だと言うと合点していた。

その後、恒松さんは中日本航空の役職に就き、中日本航空の高野部長と境港に出張で来た時、「境港は日の沈むのが、東京の沈む時間より遅いかい」という話をして、「北海道から沖縄まで、日が沈むのに一時間の時差があるんだよ」と教えてくれた。

〈はつたか〉の堀江という（?・）機関長は、隠岐島の西郷の生まれであった。船の中で、「息子が日体大に行っていて、水泳をしている」と言っていた。また、〈はつたか〉で航海していた時、堀江さんがその当時は「小・中学校は第一と第三土曜日が休みで、息子は休んでいる」と言っていた。

〈はつたか〉のテレビの中で、山陰沖には「沖の鳥島」という島があって、アホウドリがたくさんいる（?・）とテレビがいっていた。テレビで、「スノーボードは足の裏を固定させるところがあるが、スケートボードはないので、それがあるスケートボードを『スネークボード』という」と言っていた。

境港在勤中の酒の席で、〈みうら〉の二航か二機が、一つ上の海技士試験とった時に、小谷が「英語の試験もあるんでしょ」と言った時、加茂さんが「でも辞書を使っていいんでしょ」と私をかばってくれた。

名前は忘れたが（かちどきか?）、船長に「航海士か機関士の試験を受けなくてはいけないね」と言われて、私は「そこまでしなくてはいけないのか」と思った。

〈第五平成丸〉の船長が「頭がいいんだけど、あれこれしているだけで、何もうまくできないんだ」と言っていた。


筆者は、私を採用してくれた森田所長から聞いたことと同じ経験をした。

所長曰く、

「私は視力は両目とも2・0だったが、大洋漁業に入社して漁船に乗って、先輩たちが『島が見える、島が見える』と言っていて私には全然見えないのに、しばらくすると本当に見え、先輩たちは私より目が悪いのに、見つけるんだよ」

ということであった。

水産庁に入省して二年目の夏、山陰沖を日中西進していると、（その時の）ワッチは三等航海士と甲板員だったが、双眼鏡で見ると「隠岐島が見える」と言うので、私も双眼鏡で見てみたが何も見えず、2～3マイルほど進むと、本当に隠岐島が（双眼鏡で）見え、私は驚いた。

取締船からは、双眼鏡で12マイル四方が見えるそうである。

私を採用してくれた森田所長と一緒に取締船に乗った時に、森田所長が言うには、「現在位置（緯度・経度）と方角が分かれば、山の名前が分かるんだよ」とのことで、緯度・経度と方角を調べて近くの山を、○○山だよと教えてもらった。

隠岐島の北東の海域に、兵庫の知事許可漁業のベニズワイガニ漁業のブイがあるのを現認しに行った。

筆者が香住にいた時、但馬漁業センターの一階に、ベニズワイとズワイの標本がかけてあったが、採ってくれた森田所長にベニズワイとズワイがどう違うのか、標本を見て教えてもらった。

山陰沖の海面は、水産庁に入省した一年目と二年目は、夏期はベタ凪だったが、三年目は時化《しけ》ていて荒波で、〈みうら〉の船長は「最近、出雲は異常気象ですね」と私に言った。

事務所が香住から境港へ移転してすぐに、パートで事務員をしていた女性は米子市から来ていたが、「最近は雨が降らなくて異常気象ですね。昔はよくジトジトと雨が降っていました」と言っていた。

境港に初めにパートで来ていた女性は、ズーズー弁を話していた。

筆者が最初に取締船に乗船した舞鶴では、海底に電話などのケーブルがあって、海図（チャート）に載っており、「取締船や漁船は、そこをよけて碇泊したり、漁業をしたりする」と船員に教えてもらった。

海上では、たまに廃棄船（うんこなどを海中に廃棄する船）が韓国の船やら日本の船やらが取締船の前を通ったら、船の蛇口の水を飲めなかった。

昔は、韓国の漁船はトイレを付けておらず、船のとも（航尾のこと）に行って大便を海中に出していたそうだ。というのも、今の船は、海水を濾過して真水にする装置が全部に付いているからだ。

境港では、上司だった新町さんが、韓国漁船の船の中から船員が用便しているところを、写真に撮っていた。

上司の小谷さんが、昔、韓国の取締船に乗っていた人が死んだ時、その死んだ人を海に捨てたという話をした。

昔は韓国の取締船は、日本の取締船から指導してくれと言ったら自分のところの漁船を逃していたが、最近は韓国の取締船は、日本の取締船が指導してくれと言ったら、韓国の漁船を指導するようになった。

冬に山陰沖西部を取締していた時、波が高く避泊していた隠岐島から出港する時、隠岐島の入り江の岸壁のところに、韓国アナゴ篭漁船が三隻、荒天のため避泊しているのを見たことがあった。

境港から京都の栗田湾《くんだ》までは、取締船が避泊する港が沿岸にはない。波の高さが3メートルになると、取締船は避泊することになる（この高さでもイカ船は出漁することもある）。


平成九年の春から初夏にかけて、取締船に乗船したある時、私が陸上で、ある海域に韓国漁船が六、七隻いるという情報があって持ってきたら、〈はつたか〉の磯貝船長が船の無線で、その海域には韓国漁船が十五〜十六隻いたという情報を持ってきた。「どっちが本当でしょうね」と一緒に考えた。

傍論であるが、事務所が兵庫の香住にある時は、〈はつたか〉の係留地の境港市までＪＲで行ったが、筆者はこの磯貝船長から、「境線から見て白波が立っていましたか？」とよく訊かれた。〝白波が立っていると波が高い〟、なるほど境線からはところどころ海面が見えるところもあった。

また、山口県の県境には「見島」という島があり、〈はつたか〉の船長の磯貝さんに、「この島には見島牛という、美味しい牛がいる」と教えてもらった。

取締船の船員の話は面白かった。

一航と甲板長（ボースン）が夕方に話していたが、

「ブラジルかアルゼンチンに行った時、タクシーの運賃は安かったが、日本は高い」

といった話をしていた。

またその他に、大相撲のモンゴルから来た関取の旭鷲山が「親方が飯を一杯食うと一万円やるというので一杯飯を食って、またもう一杯飯を食う」という話も聞いた。

一航は、別の日の昼の時に、

「ここらへんには〝そい〟という魚がいる」

という話をしていたこともあった。

私は最近、韓国へ旅行したが、かつて取締船に乗船した時、〈はつたか〉の佐々木局長が、

「私も三回韓国へ行ったが、あんまり韓国で悪いことをしていると、路地に引っぱり込まれてしまうんだ」

という話を受けた。

私が双眼鏡で見ていると、チョッサーの木村さんが同じように双眼鏡を持って目をゆるく見させて、遠くを見て、私に遠くの物体を見ることができるようにし

てくれた。

私が取締船〈はつたか〉に乗船して、隠岐島に航海していた時、チョッサーの木村さんが、私が東大へも行って、隠岐島の綺麗な風景も見たので、「めっちゃぜいたくな奴や」と言ってくれた。

チョッサーの木村さんには乗船している時、「早《はよ》う寝て、早《はよ》う起きる癖をつけんといかん」と忠告された。

その日の晩の夢は、私がほうれん草を食べて目からそれを出して、誰かが「中小でも昔はつぶれなかったが、今は大企業も中小もつぶれる」と言っているものであった。

大学の親友の佐藤君にも、〈はつたか〉に乗船している時に電話すると、「船の上では皆疲れるので、早く寝てやりなさいよ」と言われた。

平成八年四月に水産庁に入省して平成九年九月まで香住にいたが、九年九月に香住漁調の閉所式をした。

香住漁調は但馬水産センター（?）という県の建物の中にあったが、県の水産事務所と共水連と信漁連と漁業無線と漁船保険と県漁連が入っていた。

閉所式には本庁からは、沖合課長の清水悟氏が来たが、共水連の横田さん（?）が男泣きに泣いて部屋を出ていった。どちらか知らない方がいたので、芳名を尋ねると、その方は「隣。信連」と答えられたので驚いた。京都府は中路課長が来ていて、一人だけ身分が低かったのでいじめられていた。


筆者が水産庁に入省した時に初めから漁調に所属していた取締船は〈はつたか〉というが、ここの船員はあちこちから集まってきたのに同じことを考えていた。

ある時、取締船の甲板で、〈はつたか〉の船長が、

「この船に初めからいる生き残りは、船長と機関長と支厨司《シチユージ》の三人だけだ」

と言っていた。

〈はつたか〉の支厨司《シチュウジ》の能地《のーじ》さんには、美味しい料理を食べさせて頂き、大変お世話になった。


境港市の北側に島根半島があり、そこに「美保の三本松」という名所があり、静養のために、ドライブでよく行った。

そこへ行く途中に海岸線沿いの車道を通ったが、海岸近くに「男女ヶ岩」という、男と女のそのものに似ている、岩の塊があった。

美保ヶ関の美保の三本松に行った帰りに一台の車とカーチェイスをしたが、その後、親友の太田君のところに電話すると、「お前の声よく聞こえる」と言われた。


上司の小谷さんと、初めて取締船〈はつたか〉に乗った時、京都府の舞鶴市の舞鶴港から乗ったが、〝スタンド〟がついている船が航行していたので、「あれは何という船なのですか？」と訊くと、「〝ガット船〟というのだ」と小谷さんか船員が教えてくれた。それから、海底の掃除をする「浚渫船」というものが航行していると教えてもらった。

平成八年度に、上司の小谷さんと一緒に〈はつたか〉に乗船した時、南氷洋に調査船に乗って航海する夢を見たことを言うと、茶化された。

平成九年四月に〈はつたか〉で航海した時、隠岐島の別府湾で停泊していた時、チョッサーの木村さんが心臓の病気で亡くなってしまった。検死は、医学部を卒業してすぐに隠岐島に来た若い医師がした。自分の、不名誉であるが。

別府湾では、昔、上司の小谷さんが乗船していた時、エンジンが調子悪くなったり、一度は船員が具合が悪くなったことがあったということであった。

隠岐島には昔、承久の乱で島流しにされた後鳥羽上皇か後醍醐天皇の墓があり、そのたたりではないかという話もある。隠岐島には、後醍醐天皇の他に、和気清麻呂も流された。

筆者が一回目の航海の時、隠岐島の浦郷港に入港し、私は常識があまりないので、梯子を渡って隠岐島本島に上陸して、本屋へ行ったり、パチンコ屋の横を通ったりした。

この島で道を歩きながら、、上司の小谷さんが、
「ここらのパチンコ屋で落とした金はみんな北朝鮮に流れているんだ」
と言われた。私はその時、そんなことはない、嘘だな、と思ったが、後では
「隠岐島にあるパチンコ屋ではそうかもしれない」と思った。

その後、
「神田さんは、煙草は喫わないのか」

と尋ねられたので、

「まだすることがある（司法試験を受けるということ）ので喫いません」

と答えた。すると小谷さんは「諦めたら煙草を喫い出すんだ」と言った。

また、香住漁調の一年目に、どこかの漁協からお歳暮が送られてきたが、無闇に受け取れないので、この小谷さんと乗用車でそれを返しに行ったことがあった。その時、筆者は車の外で待っていたが、傍にイカが干してあったので、通りがかりの住民に「それは何というの？」と訊くと、「〝シマメイカ〟というのだ」と教えてくれた。後で訊くと、「〝スルメイカ〟のことだ」と教えてもらった。

日本海沖には大きなイカが採れて、それはソデイカという名称であり、通称はアカイカというものであった。境港漁調での会議の時に、兵庫県の但馬水産事務所の人がそれをおみやげに持ってきて、境港漁調の人に一匹を半分に切って一人ずつ持って帰った。

〈みうら〉のチョッサーの、名前は忘れたが、ある人に、乗船中に次のような話をしてもらった。

「昔、遠洋航海をしていると、よくデッキから海へ飛び込む人がいた。それを〝海坊主が出る〟といって、航海中に何か考えて海へ飛び込んで死ぬ人がいた」

という話であった。そして世間話で、

「社会というのは、一部の優秀な人が動かしているんだ。それであとの人はそれについていっているだけだ。まあ、努力も必要だけどね」

と言っていた。筆者は、はあそうかなと思った。

私は、〈はつたか〉では、あまり常識がないので、洗面所の手拭きを、タオルを忘れた時風呂へ入る時の手拭いにしたこともあった。

航海中、航海士や甲板員は、「航海が終わって陸に上がると、騙《だま》されることがある」と言うので、面白い話をよく考えて呆けないように話していた。

境港か香住の事務所にいた時、「取締船〈はつたか〉と〈みうら〉の良い所と悪い所を書け」という話があったので、私が近くにあった半ピラの紙に「〈はつたか〉はマグロ船なので安定感がある」と書いて、置いていると、上司の小谷さんが、つまらないものなのに見てくれた。

船を航行させる時は、〝潮の流れ〟と〝風の強さ〟を見て、速度計から、目的地にいくらの時間がかかるか計っていた。だが速度計が何ノットを指しているといくら時間がかかるかということは、私は分からなかった。

船は後ろにあるスクリューで前にしか進まないようであるが、両翼に〝スラスター〟というものがあり、それを回して斜めに進むことができる。

取締船〈はつたか〉に境港から初めて乗った時、美保湾（境港から出たところにある湾である）を航行していると、水面に鉄の棒のような物が出ていたので、船員に「あれは何ですか?」と尋ねると、「〝水路錐〟というのだ」と教えてもらった。

「〝水路錐〟より陸寄りを航行すると、岩礁があるので、通ってはいけないという目印だ」

ということであった。

私は〝漁業監督官〟という〝特別司法監督官〟であった。入って二年目には〝司法警察員〟という身分ももらったこともあり、漁業法違反した漁船を検察庁へ送致できる身分であった。たった一年間（あるいは半年間）だけであったが。

第二回目の航海では、私を採用してくれた森田所長と一緒に乗船した。その時も隠岐島に碇泊したが、私は常識がないので、自分一人こっそりと船の吊り橋を渡って隠岐島に上陸し、そこの本屋でマンガ雑誌を買ってきて船に戻った。

船の上からは、半径12マイルくらい先まで見渡せた。

同じ水産庁に隠岐島出身の「梶脇さん」という人がいたが、その人も香住漁調にいた時、「別府湾に碇泊していた時、ボートで実家に行った」と、磯貝船長は言っていた。

Ⅱ

特に感じたこと

水産庁での仕事

漁業調整事務所の、管轄する漁業は、指定漁業で、沖合底曳網漁業と大中型まき網漁業と、以西底曳網漁業で、承認漁業で、中型イカ釣り漁業と、ベニズワイガニ漁業と、ズワイガニ漁業と、届出漁業で小型イカ釣り漁業があった。

指定漁業は、五年に一度、一斉更新して変更がある時はその都度申請を出してくるもので、承認漁業は年に一回まとめて申請を出してくるものです。

水産庁では、漁業者が沖底漁業で休漁期なので、夏に許可の内容の変更の申請を出してくるので夏に仕事が多かった。

許可認可の申請は、漁業者の所属する漁協から出してくる。

香住にいた時二年目の春に津居山《ついやま》か浜坂の漁協の人が来たが、水揚する魚は「トロ箱一個につきいくらで払っている」と言っていた。

筆者が初めて、上司と一緒に取締船に乗船した時に、日韓が互いに自国の領土だと主張している〝竹島〟の近くに連れて行ってもらった。靄《もや》に包まれた小さな岩山が見えた。望遠カメラで、それを四枚写真撮影したが、筆者はよく分からなかったので、全てピントを合わせずに撮影してしまった（今ではマスコミで簡単にその画像が手に入るが）。小さな岩山が見えた。太平洋戦争後、韓国が竹島を実効的支配しており、その島には韓国の軍隊が常駐している。船で南からその島に近づくと、20マイル以内に入ると警戒信号を発してくる。しかし、竹島の北側から取締船でその島に近づくと（韓国の船かと思って）何も発したりいったりしないそうでした。

昔、韓国で、竹島が日韓の領土の紛争となっているということで、「竹島を爆破してなくしてしまえ」と言った政治家がいたとかいうことでした。今では朴正熙大統領が言ったことになっている。

韓国の初代大統領・李承晩が日韓の漁業に関する紛争が起こっていた時、竹島を韓国の領土とする、〝李承晩ライン〟というものを引いたそうである。太平洋の沿岸には漁業水域を決定するため、〝マッカーサーライン〟というものを引いたそうである。

私が水産庁に入省した時は、今まで東経一三五度以北の日本海は200海里の排他的経済水域を適用除外していた。が、全ての海域に200海里を引こうとして、今までの日韓漁業協定を破棄して、新しい日韓漁業協定を作ろうとしていた。そして、今までの200海里の漁船の取締権を〝旗国主義〟から〝沿岸国主義〟にしようとしていた。

私が水産庁へ入省した年の四月に、津居山漁協がホタルイカをお土産にくれたことがあった。

会社で上司の小谷さんが言っていたが、沖合底曳漁船が一隻止めると漁協職員が一人辞めるということだった。

香住にいた時、上司の小谷さんに、水産庁に入ったのだから魚のせりも知りなさい、と言われたので、香住漁港の朝のせりに行った。

朝のせりでは、帽子をかぶった仲買人が魚の値段を言っていた。後で、上司の小谷さんに尋ねると、漁協に登録した業者だけしかせりに入れないと教えてもらった。

水産庁に入省して初めて漁船の停めてある岸壁に行った時、ランプのような集魚灯がたくさん付いている漁船を見た。それは、イカ釣り漁船だった。上司の小谷さん曰く、

「昔、東京の本庁のお偉いさんが来て漁港を視察に来た時、イカ釣り船を見て、この船で魚を採るんですか」

(漁業を知らない)人ってこんなものかと思ったということでした。

そしてその時、水産庁の取締船の乗組員が救命ボートで岸壁に来た時(岸から

遠いところから救命ボートでやってきたので不思議に思ったので）、上司の小谷さんに「船舶はどのくらいの深さまでアンカーを下ろせるんですか」と私は尋ねた。

　すると、上司の小谷さんは、「えっ、分からないの、水深20メートルか30メートルまでしかアンカーを下ろせないのよ」と驚きました。取締船は防波堤の外の沖で流している（推進エンジンを止めて船体を漂わせている）ということでした。

　事務所で、一度、沖合底曳網漁船がトン数の変更申請を出してきたが、50トンの船が10トン増えるということだったが、その時は上司の小谷さんは、（故意に）決裁印を自分だけ押さなかったということがあった。

　平成九年の六月に、筆者は水産庁本庁で行われる、〝漁業監督公務員研修〟に参加した。国の機関の職員が〝漁業監督官〟で、県や市の地方公共団体の職員が〝漁業監督吏員〟である。「特別司法監督官」であり、他に鉄道保安官や森林管理官がある。

研修の二日目は、捜査実務の講義で、講師の検察官の人が、「銃器のことを〝実包〟というが、昔、ある官庁の公文書に、他のところは実包と書いてあるが、あるところだけ、付箋《ふせん》がしてあって実砲と書いてあり決裁印が押してあり、おかしいので証拠能力がなかった。検事もおかしいと思う」と言った。私は、この検事は民法が好きな方だなと思った。

平成九年（一九九七年）一月から、日本の領海は海岸線から12マイルでなく直線基線から12マイルになった。が、漁業監督公務員研修をしている、六月九日に、上司の小谷さんが、韓国あなご籠漁船を新領海内で領海侵犯で拿捕したということであった。

六月十日の朝に、本庁の沖合課のＦＡＸに〈はつたか〉の取締報告書が来ていて、私はちらりと見て知った。

その日の研修でも、海上保安庁の講師がそのことに触れ、「海上保安庁では、領海侵犯一件の拿捕につき、乗組員全員に一律百五十円与えている」と言った。

漁業監督公務員研修は三日間で終わった。

その新領海内で領海侵犯した事件は、一審の広島地裁松江支部で、公訴棄却で無罪で、二審の松江支部で有罪となった。

水産庁に入省した年に、香住で但馬水産事務所が入っている建物の人たちで飲み会をやったが、兵庫県の水産試験場の場長の真鍋武彦さんが、私に声をかけてくれた。

「(私の実家のあるところの選出の)井上喜一さんに会って、話をして、彼は好青年だった」

真鍋武彦さんは、その少し後に、朝日新聞の論説に記事を書いていたので驚いた。

ちなみに、昔は平成一桁年代と十年代は、朝日新聞がよく漁業・水産の記事を書いてくれた。

また、イカ釣り漁船は三月・四月が禁漁期で、年配の女の人が事務所に短歌を作る資料のために私に電話してきたことがあった。産卵期のため漁を自粛《じしゅく》するようである。

ＴＡＣ法では、歴年で、漁獲割合量（ＴＡＣ）を越えると、採捕禁止命令が出せるということだった。

ズワイガニなどは、漁業期の途中で採捕停止命令が出ると困るので、漁期年で漁獲割合量を計上してほしいと県の水産課や漁協は言っていた。

だが、京都府の水産課が香住漁調へ来た時、歴年で漁獲量を計上してもよいという代替案を出してきた（その内容は分からない）。

採用してくれた森田所長の話

採ってくれた、森田所長は、九調（九州漁調）にいた時、韓国漁船の取締りをする時、韓国漁船にジャガイモを投げつけていたそうです（それぐらい、厳しい方であったそうです）。

森田所長は取締船に乗っている時、「（取締船の）乗組員も給料分だけ働かさなければならない」と言って、（優しい時もあるが）厳しく指揮していた。

森田所長は、昔、九調で仕事をしていたことがあったが、その時の所長は勤務時間中は厳しく指導していたが、就業時間が終わるとさっと帰っていく（人間味のある）人であったといっていました。

私が働き出した、平成八年頃の初めは、韓国漁船はコテグリといって、無許可の（韓国の県が許可している）小型トロールが多かったが、一年程経つと〝底刺網〟といって、海底に刺網をして、ズワイガニやアカガレイを取る漁船が多くなりました。

沖合底曳網とトロールの違いは、底曳網にオッターボード（網口開口板）が付いているのがトロールで、付いていないのが沖合底曳網ということです。沖合底曳網は「かけまわし」ともいいます。底刺網は、平成九年頃から多くなったが、兵庫県の水産課長の秋武さんが香住漁調に来た時言っていたが、昔もあって、〝地獄網〟といって、刺網を二枚も三枚も敷く、漁船があったということでした。

私を採ってくれた、森田所長は、昔、九調にいた時、韓国漁船に取締船から、ジャガイモを投げつけていたということでした（取締船に石を積んでいないからということですが）。

上司の小谷さんがいっていたが、昭和四十、五十年頃は、日本漁船の取締りが中心だったが、昭和六十年に入ってから最近は韓国漁船の取締りばかりになったそうでした。

私を採ってくれた、森田所長は、ペン習字が四段か何かで、「昔、親にお前は何も出来ないんだから字を書くのだけでも上手になれ」と言われて、字の稽古をしたそうでした。そして、森田所長の字はとても綺麗でした。

森田所長はしっかりした人で、自分の革靴にも、ペンで自分の名前を書いていました（他の人の革靴と間違えないように）。

漁調では、韓国漁船の現認情報を前はベル研究所の〝ファラオ〟という表計算ソフトで、今はエクセルで入力して、データベースにすることが私の仕事でした。

今では常識かもしれないが、昔、水産庁に入省した時は文書に入力する機器はワープロの〝文豪ＰＲＯ〟だったが、すぐ後にパソコン（ＮＥＣのＬａｖｉｅ）に変わった。

香住、境港と私の業務はパソコンでエクセルに韓国漁船、中国漁船の現認情報を打ち込んでデータベース化することだった。

水産庁に入省した初めの夏は、県の水産事務所の建物に入っている団体全部で飲み会をして、焼きガニをしました。その日は朝の午前五時まで飲み会をして、アパートに帰ってシャワーを浴びて一時間寝てから、次の日の出勤をしました。

森田所長に、漁調で仕事をしている時、寝ているとよく叱られた。森田所長に、一緒に乗船した時、帰りの汽車の中で寝ていて降車駅で降り過ごそうとして怒られた。

境港にて

平成十三年十二月に、米子の〝本の学校　今井書店〟で東京の選挙区の衆議院議員の岩國哲人さんが出した『蔵出し一月三舟』の出版記念会に行った。民主党が前の選挙で、山手線の駅で全て議席を取ったと言っていた。

平成になってから、総理大臣になったのは何人かと聞かれ、小泉純一郎まで十一人なったと言っていた。

森総理大臣までは、農村部のことを〝農村・山村・漁村〟と言っていたが、小泉総理大臣から、〝農山漁村〟と言うようになったとのことでした。

そして、今日の新日本海新聞で、自衛隊の位置付けで、国際紛争を解決しに行く〝国連軍〟と、日本を守る〝自衛隊〟に組織を分けるという案を書いたとのことでした。

ちくま書房の『日本の漁業の真実』という本がある。

まき網で境港に「小型きんちゃく」というのがあるといっていた。境港で、二隻目の取締船で〈みうら〉に乗った時に、〝はえ縄漁船〟だと夜間に操業しているのをボースンの人が言った。

「陸《おか》の人間は働かないからね」と私も含めて、取締船の乗組員は言っていた（私も働かないということ）。

「陸《おか》の人間は怖いから」と、入社一年目の冬に、小谷さんや取締船の乗組員がいっていた。

調査船〈開洋丸〉のクラークに、伊藤さんがなったが、乗船してしまうとなかなか陸上の部署に返りたくなく怖がっていると言っていた。

〈はつたか〉の船長の磯貝さんは、（よく嫌がらせで）まき網がいると〝キンチャクだ〃と（女のアソコの部分をそういうが）言って、食事も大食であった。

取締船〈はつたか〉は、鳥取漁協の中継基地冷蔵庫前（中冷前）に錠泊していた。

小谷さんが、冷蔵庫から氷を出して、漁業から帰ってきた船が、漁獲した魚を冷やして保存するのだと言っていた。

水産庁には毎年百人くらい入るのだと受験ジャーナルは言っていたが、水産庁の職員は私も、漁船に乗って魚を採る仕事はしない。

在本君が「小谷さんが『境港に事務所が行ったら、毎日カニの甲幅の検査をしよう』と言っていたよ」と言った。

香住から境港へ移る前に、料理屋で〃シラウオの生きたの〃を出されたが、私はなさけなくて呑まず、在本君に呑んでもらった。

在本君は、韓国漁船を拿捕する時の防護服を試しに着てパフォーマンスをしていた。

境港で勤務していた時、境港市の海岸掃除の奉仕活動に行っていた時、貝塚所長がお話をするために、コーヒーを飲むために、近くのモスバーガーへ行ったが、そこで貝塚所長は、

「俺はモスバーガーは食ったことはないんだ。ライスバーガーは食べるけど」

と言ったので、所長は関東の人間だが世の中には色々な人がいるんだなと思った。今ではマクドよりモスバーガーの店舗の方が数が少ないが。

香住・境港の所長でも、初めはデブが来たが次にデブ・メガネが来て、最後はデブ・メガネ・ハゲが来た。

境港に転勤してくる人でも、本庁の人事課がよく考えて人員を派遣してくれた。ハゲが来て、ハゲ・メガネが来たが、どの人もよく働いた。高橋という係長の下

に、新採で高橋という人を入れたりした。

境港で、貝塚所長が日吉津《ひえづ》のイオンの映画館で『パールハーバー』を見てワンワン泣いたと言っていたが、私は阿呆だったのでそれをあちこちで言い回り、「日本人は（あの映画を）見て回りアメリカ人は冷静だ」と言われた。

本庁のどこかの班長の松岡さんと貝塚所長は取締船のクラークと船員だったが、私と、漁業監督公務員研修で知り合った杉田君も、知り合ったことがあるので、そのような関係になれば良いなと思っていた。

境港にて　その2

平成九年の一月から「日本海新聞」で、元出雲市長で衆議院議員の岩國哲人さんが、「一月三舟」というエッセイを書いていた。それは、「止まっている舟でも、東へも西へも南へも行っているように見える」ということであったり、一月に三回連載するからだということからであった。

香住漁調から鳥取の境港漁調に移転した時、異動した同僚に、筆者は実家のあるところに農林水産省出身の国会議員がいたので、私を守るため、本庁の国際課の新町さんというマル甲さん（国家Ⅰ種技官）の人をよこしてくれて、本庁の藤丸さんという人もよこしてくれた。

新聞の〝ひと〟欄に、新町くくさんという人がいて驚いた。

藤丸さんには、山口下関に移ってから、（あまり良くない賀状を送ればよいのに）良い方の賀状を送ってしまった。

藤丸さんは、〈はつたか〉に乗っていた時、技官だとか独身だからということで、休んでいても、船員たちがかばってくれていた。


境港にある川は溝《どぶ》のようで、魚の死骸の腐ったにおいがした。

境港で仕事をしている時は、昼が短く、夜が非常に長く感じられた（そのためかどうか、法律の論述式の勉強がよくできた）。島根県の方の人が書いた『竹下登の研究』という論文のような本があった。

境港にいた時は、よく食事を食べて、回転ずしでも〝すし若〟と〝すし弁慶〟というのがあったが何度も食べよく太っていたが、気候のせいか痩せることもあった。

境港から米子へ行く幹線道路は国道431号線というのがあったが、制限速度50キロのところ、自動車で65キロとか70キロ以上など、ビュンビュンとばしていた（今はどうか知らない）。

鳥取県ではテレビで、朝日放送がなく、その頃放送していた「ビートたけしのTVタックル」や他の番組が入らず、私は腹を立てていた。（TVタックルが入らないためか）時代が変わるのが遅かった。NHKは、取締船の中では、NHK鳥取とNHK島根のどちらも入った。

境港は、事務所が移転するまでは、魚の水揚量が日本一だったが、移転した年は二位か三位になって、二〇一二年時点では四位である（『日本漁業の真実』による）。

大・中型まき網で魚を取って、イワシやサバやアジを網で巻いて取る漁業が主である。

境港の岸壁に、水産大学校の練習船〈天鷹丸〉が年に二回程長い間停留していたが、水産大学の職員に訊くと、「〈天鷹丸〉はそんなに長い間境港へ停留していない」とのことでした。

境港漁調の管轄は、八管の管轄と重なっていたが、海上保安庁の八管はそこの人員だけで、水産庁の人員より大きい、組織だった。境海保は、境港が市制を敷く前からあったせいか、境港海保ではなく境海保だった。

海上保安庁は、境港へ事務所が移る時に当時の漁政課長が説明に来て、「沿岸は海上保安庁が取締りをして沖合は水産庁が取締りをしたらどうだ」と言っていた。すると、上司の小谷さんは、「それは水産庁の上層部が考えていることで、社会では受け入れられていない」と言った。

ズワイガニについて

水産庁入省して三年目くらいに、〝水産基盤整備事業〟でカラスガレイとズワイガニの資源保護をしていた。

ベニズワイガニは、七月八月は禁漁期間で境港でよく取れた。

境港の魚市場ではベニズワイガニはてかてかしていてあまり綺麗に見えないし、値段も高かった。

上司の小谷さんが、昔、ベニズワイガニは食べなかったが、臭くって食べられないという人もいたが、今は味が淡白なのでそっちの方が好きだという人も多いということであった。

ベニズワイガニは、ズワイガニより水深の深いところに生きているということで、網の籠で取るということであった。

ベニズワイガニは、北朝鮮の籠船が取っていって日本に輸出するということであった。

ロシアのリンカムという会社の〈スコロダム号〉がベニズワイガニを運搬しているということで、私が〈はつたか〉で追跡したことがあった。中国の上海へ向かっているということであった。

カニの餌《えさ》は、ヒトデや魚の死骸であると、同僚の在本君に教えてもらった。

水産庁に入省した時に、〝海水魚〟の図鑑を父に買ってもらった。

ズワイガニの雌ガニを、セコガニというが体型が小さくて腹にタマゴをたくさん持っているものであった。漁期は普通のカニに比べると短いものであった。

水産庁の人間が来た時か、中日本が来た時、飲みに行って、味噌汁の中にウチワエビの入ったものを食べた。ウチワエビとはカブトガニのような形をした、カブトの形をし、赤い甲羅のエビである。

中日本航空の方が打ち合わせに来た時、高野部長がおつゆの中に入っている貝は何ですかと訊いてきて、私は「赤貝です」と答えた。岡山県の瀬戸内海で取れたものを運んでくるものだと思う。

日本海に〝ドギ〟という透明な体をした魚がいる。正式名称は〝ハダカゲンゲ〟といい、歯が鋭くアナゴやウナギに似たものである。底びき網で混獲されるそうである。

香住でズワイガニの漁での初セリでは、私が就職した頃は最高値が八万円程であったが、今では（令和元年では）十二万円程である。そして、毎年その話を聞いて、最高値のズワイガニを売ってくれませんかと言う人が電話してくるそう。

ズワイガニは香住でよく冬に民宿で出ていた。小生が入社した時も民宿で歓迎会をしてもらった。

ズワイガニはカニの仲間の中では一番味がおいしいそうである。

漁獲する時にカニの足が折れていたり、欠けていたりすると、値段が安くなります。

香住町（現・美方郡香美町香住区）にズワイガニの記念館があって、一度見に行った。カニの雄と雌の生殖の話もしていた。

今では、あの辺りは世界自然遺産の〝山陰ジオパーク〟になっているが。

テレビによると、昔、境港ではガザミが取れていて、ズワイガニはあまり取れなかったそう。

〈はつたか〉か〈みうら〉で、隠岐水産高校か境水産高校の卒業生が、「就職してもカニ船だけには絶対乗るな」と先生に言われたと言っていた。

ズワイガニは夏場は身がパサパサしていて、食べられないということであった。

事務所が境港に移った、開所式の後の二次会の時、境港漁具の清永さんが、ズワイガニの足をポンと割って中身を上手く取り出していた。獨協の就職課長によく似ていた。

・ズワイガニの漁期は、十一月七日から三月二十日まで。
・ベニズワイガニ、殻の突起状が違う。

イワシ・サバについて

境港では、大中型まき網漁業が盛んで、浮き魚（回遊魚）を採って、イワシやサバの漁獲量が多かった。沖合底曳網漁業では底魚といって、ズワイガニやカレイを採るが、巻き網漁業では、浮き魚（回遊魚）を採る。

隠岐島の西郷か浦郷に、〝第××鯖漁丸〟という、まき網の漁船があった。〈はつたか〉で、平成九年の夏に取締りしていた時、共和水産のまき網漁船がまき網で魚を採っていた。船員に「神田さん貴重だからよく見ていて下さいね」と言われた。

共和水産の和田卓一郎社長が、「違法操業しているが見つけられるんだったら見つけて下さい」と言っていた（私がトロくて、視力も低いからだが……）。

水産関連法規について

1、「漁業法」は日本独自で作った法律である。他の民法や商法や憲法は外国の法律を真似《まね》して作っているが「漁業法」は違う。

2、「漁業法」の〝何人も〟の解釈も、獨協大学の憲法の時に、「〝外国人は除く〟という説もあったが、今はそうは採らない」と言っていたが、本庁・本省には国家公務員試験の上級の法律職を通った〝法令さん〟という人がいて答えていたが、（その人に訊くと）「漁業を業としている者以外にもできる」と答えたように思う。

兵庫県の但馬水産事務所の村口さんが、よく兵庫県漁業調整規則の、〝徒手採捕〟について訊きに来た。「水際で歩いて貝・魚を採れるところは、歩いて採ってもよい」ということだったと思う。

小生は、高校の柔道部の合宿で、夏に淡路島の〝母と子の島〟に行ったが、その海水浴をしていた時、さざえを採っていたら、漁協のモーターボートがやって来て、「ここのさざえなどは漁協が管理しているものだから、採ってはいけない。海へ返しなさい」と言われました。私は、さざえに似た、「さざえもどき」を採っていたが部活の顧問に、「それはさざえでなく〝さざえもどき〟だからあかんから採らないようにしなさい」と言われました。

ちなみに、「漁業権」というのは、物権で漁業者や漁協に設定されたもので、「許可・認可」とは違い、許可・認可は行政庁のする行政行為で、許可とは「一般的にされた禁止を解く行為」です。

ちなみに、『やさしい漁業法』という本を香住（現・美方郡香美町）の所長の浜本幸成さんが書いていた。

〝水産基盤整備〟について

平成十年度から、水産庁で〝水産基盤整備〟ということで事業をやっていた。ズワイガニとアカガレイの漁獲量を管理しようということであった。

平成九年に取締船に乗船した時、山陰沖西部で、韓国底刺網が大きな、ズワイガニやらアカガレイを採っていたので、まことに残念であった。

小生が境港から転勤した、水産大学校の校内研修で、情報管理部の職員の人が、水産基盤整備について講義していた。

筆者は、姫路獨協大四年の時、刑事訴訟法ゼミを取った。

刑事訴訟法と民事訴訟法では、民事訴訟法の方が訴訟法の原型であり、刑事訴訟法は訴訟法に、捜査と証拠法と、そして「公訴事実と訴因」とが付いたものである。

私は昔（二〇〇七年頃）、下関市の図書館に本を借りに行った時、「刑事訴訟法はなんぼでも進む」と気付いた（今現在（二〇二三年）では、学問として固まったなとも思うが）。

筆者がゼミで担当した課題は、「接見制限と自白」である。接見は今では弁護士だけでなく他の人もできるようになった。刑事訴訟法39条で、接見を規定している。

刑事訴訟法の重要論点として、刑事訴訟法３１９条１項の、自白の証拠能力と、違法収集証拠排除法則がある。

夢の世界（香住にて）

筆者が最初に就職したところは、城崎郡香住町だったが、そこは猫がよく太っていた。

私を採ってくれた、（九州の森田さんのところの）森田所長は、入社歓迎会の後の帰り道で、「最近モノの値打ちがよく分かるようになりました」と言っていたが、香住のスーパーのトヨダのレジの姉ちゃんはみんなよく太っていました。

境港へ移転しなければ、一生あそこに住んで生きていけば良かったんです。

平成八年の十一月か十二月に、瀬戸内漁調の久住さんが来て、森田さんは「中田さんというコンピューターがよく使える人がいるがあんな人も必ずいなければいけないいんだ」と言った。

私と韓国との関わり

平成十年一月二十三日に、前の日韓漁業協定を破棄した。

それまでは、東経一三五度以西というか以北には200海里は引かれていなかった。

新日韓漁業協定締結の時に、本庁の取締班長の〝栗田さん〟が、電話で「トンマーソンとは何ですか」と訊《たず》ねてきたので、〝まき網〟のことだったが私はよう答えなかった。

平成九年六月に、漁業監督員研修に行ってきた。漁業監督公務員とは、漁業監督官は国の公務員で、漁業監督吏員は県・市の公務員である。

前の日韓漁業協定は、破棄しても、その日から一年間は効力を持つということであった（規定があった）。

前の日韓漁業協定の時には、(水産庁に入省して)一年目は、小型トロール(コテグリ・無許可漁船)が多かったが、二年目からは底刺網漁船が多くなった。

一九九八年一月二十三日に日韓漁業協定を破棄したが、上司の小谷さんは「日韓漁業協定がなくなってそのままになるかもしれないし、新しい漁業協定ができて、許可船が入ってくるかもしれない」と言っていた。そして境港漁調に兵庫県但馬水産事務所長の小西さんから「どうなるか」という電話があったが、私が「日韓漁業協定がなくなってそのままになるかもしれないし……」と言って途中からのことを忘れ、小谷さんに取り継がなければならなかった。私は役に立たなかった。

前の日韓漁業協定では、旗国主義で取締権は船籍国にあったが、新しい日韓漁業協定では、取締権は沿岸国主義になり水産資源のある方の国が取り締まりできるようになった。

余談であるが、水産庁本庁の労働組合が出している機関紙に〝ともづな〟というのがあり、私は(馬鹿だから)面白いのでよく読んでいたが、あんまり面白いのも〝アカ〟なのかなとも思った。

私は実家から境港へ行くのは、播但線で福崎から和田山へ行って、そこから山陰線に乗って浜坂へ行ってそこで乗り継いで、浜坂から米子まで、特急〈スーパーはくと〉か〈くにびき〉に乗っていって、米子で乗り継いで境港へ行った。

水産庁の外国語研修は平成十一年から一ヶ月のものを三年受けた。一年目の韓国語研修は朴(バック)先生という三十二、三十三歳の若い男の韓国人の教師で、ハングルの子音、母音と二重母音とダイアローグの朗読することを教えてもらった。

その頃私は外国にとても興味があったので、「韓国では徴兵制をしているが戦死する人はいるのですか」と訊いた。

「います。年に一人か二人いて、土中に埋まっている巨大な方の地雷かを踏んで死ぬことがあります。地雷は大きな地雷と小さな地雷があって、普通は小さな地雷で、足を怪我させて歩けなくするものが仕掛けてあります。韓国人の軍隊の人がそれに引っ掛っても仲間が肩をかついで連れて帰るので何事もありません。韓国と北朝鮮は別に戦争しているわけでないので、銃で撃たれて死ぬことはない。韓国では徴兵制があるが、兵役に行かないと就職できないので、一部のお金持ちを除き、庶民は必ず行く。北朝鮮へ韓国から行く人は、北朝鮮の当局の宣伝が上手いので、脱北者より圧倒的に多い。韓国の男性は大学二年で普通二年軍隊に行くが、兵役を二年行ってきて大学に帰ってきた男性とそのまま大学二年から三年に上がった女性が恋愛して結婚することがよくある」

と言っていた。

バック先生は、横浜に住んでいて、在日韓国人の女性と結婚していて、日本の繁華なところでも一人で歩くといっていた。奥さんと韓国に行っていて韓国語で話していても、（分からないと）「分からない、日本語で話せ」と言って日本語で話して、周りの韓国人は日本人二人が話していると思って気にも留めないと言っていた。

一年目の外国語研修は、韓国語研修と中国語をする予定であったが、本庁漁業監督指導官の今村さんという若い人が、「それでは負荷が重すぎる」ということで、韓国語研修を二回することになった。今となっては私には韓国語研修と中国語研修を両方やった方がよかったと思っているが……。

一年目の韓国語研修で、ある日、私が朝寝坊していった時があったがその後、私が仕事をしていたが、韓国語研修に誰かが出ていると思っていたが（誰も出ていず）、同僚の加茂さんが、〝朴（バック）先生自習〟と言っていた。

昔、韓国では正月になると地元に帰るので帰省ラッシュになるが、同じ故郷の人たちが乗用車に乗り合わせて途中乗り換えて（それぞれの）地元に帰ることになっていたということであった。

韓国では、アメリカが嫌いで嫌米だとバック先生は言っていた。

私が韓国語研修に行っていた時、私が朝寝坊して、

・一九九七年に、旧日韓漁業協定がまだあった頃、上司の小谷さんが、〝日韓の共同乗船〟に行った時、「これで共同乗船も終わりですね」といって韓国側は「寂しいですね」と言っていた。

・井上所長が、〝日韓実務者協議〟に行った時にどちらからか忘れたが「腹を割って話したいので今度は米子の皆生温泉にでもつかって裸のつきあいをしましょう」と言われたということだった。

二年目の韓国語研修では、東伯郡大山町の県庁の人と結婚した、韓国人の女性の方が講師で来ました。名前は、金英蘭《キムエイラン》といって、中国語研修の日本人の女性の講師と名前が一緒だと言っていた（イェランとエイラン）ということであった。

上司の小谷さんが、「（部屋に）入ってきた時、一度で韓国人だと分かった。ぷーんとニンニクの臭いがした」と言ったが、私はそうは思わなかった。

私は、初めて金《キム》さんを見た時、顔つきが厳しかったので、やっぱり韓国人だなと初めは思った。しかし、しばらく語学研修を受けていると、日本人と変わらない顔をしているなと思った。

〝はな〟という字を、韓国語で花を꽃（コッ）と書き、顔についている鼻を코（コ）と書くので、花の꽃の方かと思い、語学研修中に間違えた。

境港にいた時、九調のうっとうしいのが来たが、韓国船の船名の子音の口（くち）と○（まる）と見間違えると嫌味を言った。

私が水産庁に入省して五年目の平成十二年には、近くの空港の、米子―韓国ソウルの直行便ができて、講師の、金さんもガイドとしてよく行くと言っていました。

その韓国人の金さんは、県庁の人と結婚したと言ったが、日本に嫁《と》ついでから新しい家を建てることで夫とひどく喧嘩して、生涯に稼ぐ収入の総額が一億円とか二億円というのを聞いて納得したそうでした。

また語学研修の中で、「昔から新聞やテレビで働いてお金が一番入ってくるのは鳥取県で、一番住みやすいのは富山県ＯＲ福井県だ」とずっと聞いていたのに、金さんに「鳥取県はかわいそうでしょ、お金がなくてみんな乗用車に乗っているの」と言われ、強く押し切られてしまった。

語学研修の金さんの講習の中で、テキストに、〝在日僑胞〟（おそらく在日韓国人のことだろうが）というのが出てきて、金さんは知らないと言っていた。

筆者は仕事を変わったかやめた時に、テレビの「新婚さんいらっしゃい！」で、皆生温泉の芸妓と県庁マンが結婚したのと、埼玉県のカップルが出てきた、大変面白い回があった（私の話だが）。それをテレビは（面白いから）何遍も放送した。

韓国人の女性は綺麗だそうですねと正原《しょうばら》が言っていたが、（日本と違って）昔から肉食をしているからかどうか、ふっくらしていて筆者には綺麗にみえた。

昔、筆者が大学で短期のバイトをしていた時雇用者がその弟が未婚なので、金を払って韓国人を結婚させるのをあっせんしてもらっているということを思い出した。

この前、茨城空港が開港して、ソウルへの初便から、韓国へ嫁入りする日本人女性がいたことも思い起こされた。

境港漁調では、コリアンライターとチャイニーズライターというソフトで、韓国語と中国語のＰＣ入力をしていた。

取締船の中では、テレビで韓国の放送がよく入り、『冬のソナタ』のチェ・ジウとペ・ヨンジュの出てくるドラマをよく見た。後、セットの中に司会の男の人が一人いて、パネリストが五、六人いる、トーク番組もよくしていた。

境港漁調には、佐々木亨《とおる》さんという、韓国語ができる人がいて、この前（平成三十年頃）には、本庁の幹部（指導監督室長）になっていた。東洋大学の卒業生で、東洋大学は中央官庁の幹部もいるし、スポーツでも箱根駅伝で優勝したり、相撲の御嶽海関も卒業生なので、（司法試験の合格者はいないが）良い大学だなと思った。姫路獨協もそうなれば良いなと思った。

下関での韓国語教室

境港での水産庁での勤務の後、本官は山口県の下関市にある水産大学校の事務員に転勤になった。

山口県下関市に移って二年目の九月頃から大韓民国教育財団の行う、韓国語教室へ行った。授業料は無料であった。毎週月曜日に初級は午後六時から一時間したのでそれに参加した。講師は李《イー》先生であった。老齢の白髪頭をしたがっちりした体格をした男性であった。

第三回目の授業の後に、在日韓国人の出席者から、「教科書はどうするのですか?」と訊かれられたので、私は片言の日本語で「先生から売買《ばいばい》をするんです」といったのに伝わらず、「ソンセンニンからサダ（사다）するのだ」というと、向こうは「パルダ（팔다）」と答えて、あまり知らない単語の中から答えたのに、

李先生から「神田さんは駄目ですね」と言われてしまった。

第三回の授業の中では、李先生から「初めて出席する人は自己紹介して下さい」と言われ、「二回も出席しているのに」と抗《あらが》ったが結局させられた。財務省の税関に行っている若い女の人が先に言って、「韓国語でしなければいけないの？」と言ってかっこつけて結局日本語で言って「税関で仕事をしています」と言って、私は、「水産大学校で会計の事務をしています。昔に、水産庁で韓国語を使っていたこともあります」と喋った。

下関の会社から退勤して、乗用車で片道三十分か四十分かけて教室へ行った。下関市東大和町の、下関駅の駅前の埋立地に教室があったが、最初に場所を見に行く時に道に迷って辺りをグルグル回り、岸壁の果てまで行かなかったので、何とか山口県警のパトカーから逃《のが》れたことがあった（危うく捕まるところだった）。

李先生は、教科書の『Ｎｅｗ韓国語』（講談社刊）を私が先生から買う時、先生はにこっと笑っていた。

教室のみんなで、正月にお歳暮を送るというので、……みんなから千円ずつ集めていた時も、李先生はにこっと笑っていた。

一回行った時の帰りは、埼玉の補議選で、自民党が勝ったというのを新聞に書いていた（その頃は、民主党がまだ政権を取っていなく、勢力が強かった）。

二回いった時の帰りは、日本シリーズで福岡ダイエーホークスが阪神に勝って優勝したといっていた（しかもローソンだった）。

三回行った時の帰りに、韓国のノ・ムヒョン大統領のウリナラ党が、失態を犯して土下座しているところをテレビで放送していた。

講師の李先生は、腕力を使うので恐かった。「TVタックル」の浜田幸一も、番組の中で腕力を使うので、出演者の阿川佐和子や他の人が怯えていた。

李先生は、漁師や農民は韓国語しゃべれないといっていた。

李先生は、（下関ではよく取れるので）フグのことを、〝フクオ〟というと教えてくれた。

李先生は、「あけましておめでとう」を、「多くの福がありますように」と書くと教えてくれた。

最初の講義の時、韓国語の単語で、〝세다〟（スウェダ）という〝数《かぞ》える〟というものを教えてもらった。

李先生は、韓国人は昔、小学校を出ると半分くらいしか上の学校に行かなかったと教えてくれた。

最後から二回目の講義の時、日本語を喋らない、韓国人の学校の先生が、生徒で来ていた。

息子をアメリカに留学させているという、少し年のいった男の人が来ていて、韓国語で、「オットケ（어떻게）」と喋った。

一年初級をした後、次の年に中級をして韓国語を習得しましょうと、李先生は

(私に)言った。

教科書には、韓国語を日本で一年した後韓国に留学して学習した方がよいが、日本で三年学習してもよいと書いてあった。

李先生の講義を聴くと、韓国語を学習すると、韓国語を覚えるのではなく、日本語を忘れそうだった。

ソウルへの海外旅行

二〇一〇年（平成二十二年）の四月に、私は初めて、韓国のソウルへ海外旅行へ行った。二泊三日で行った。

関西国際空港から、韓国のアシアナ航空の便で、ソウルの金浦《ギンポ》空港へ行った。

韓国には、焼肉を食べに行くのと、韓国語学習に行った。昔、姫路の本屋で立読みした本に、「私は韓国に取材しに行っていた時にホテルで寝ていた。しかも、朝鮮戦争の最中《さいちゅう》である。そんなことはできないが、それぐらいの気がなければ、小さな小さな人間になってしまう」と書いてあった。それで韓国には日本で韓国語を覚えないで行った。

アシアナ航空の機体は綺麗だった。

韓国と日本では、昔、一時間時差があるといっていたが、時差はなかった。

韓国のソウルには航空機で片道一時間弱かかった。機内では、機内食が出た。機内の窓から外を見ると、韓国の土地は岩山ばかりだった。

ソウルのギンポ空港に着いて、税関のゲートで通関のため列に並んでいる時、隣の列が空《す》いていたので、後ろのアジア系の若い男の外国人たちが、そちらに行った方がいいよと、教えてくれた。親切だった。

空港のゲートを出てから、韓国人の女性のガイドの人が出迎えてくれて、ホテルまで送ってくれた。

ホテルへ行く車の中で、韓国人のガイドの人が、「日本人が韓国に初めて来ると空港でどんなにおいがしますか」と尋ねてきた。そして、「キムチのにおいがします」ということだった。「反対に、韓国人が日本に行った時、空港でどんなにおいがしますか」と尋ねてきた。そして答えは、「しょうゆのにおいがする」とのことだった。「うどんやそばのにおいがする」とのことだった。しかし、私は韓国に初めて来た時に何のにおいもしなかった。

　そして、私が「韓国で焼肉を食べたい」と言うと、（韓国人のガイドの人は）「韓国では焼肉にシオをつけて食べる（日本ではタレをつけて食べるが）。韓国の方があっさりしていて美味しい」と言った。

　そして、韓国人のガイドの人は、「日本人は民族性として、自分の欲求をはっきり言わないので、口調がきつくなっても自分のしてほしいことをはっきり言うこと」と言っていた。

　そして、「韓国は坂道が多いので、韓国人の人は自転車乗れない人が多いです。私も（ガイドの人も）自転車乗れないです」と言っていた。

　そして、ホテルに着いてチェックインした。

　ホテルは、リッツカールトン・ソウルで朝食が付いていた。

　チェックインしてから少しして、ホテルの近くにある、焼肉屋へ下見に行こうと、ホテルを出ようとした。すると、一Fのロビーで、ホテルの従業員に呼び止められ、どこに行くのか訊かれた。英語で喋って、「イン・マイ・プア・ジャパニーズ・アビリティ・アイ・キャント・メイク・マイセルフ・アンダーストゥド」（私の貧しい日本語の能力では意志疎通できません）と言ったが、伝わらず、結局日本語と韓国語を喋らされた。ホテルの支配人が出てきて、「焼肉屋へ行くのは、ネー（はい）ですか、ネイル（明日）ですか」と訊かれ、こちらは韓国語をはっきり喋っているのに、ネイル（明日）だと伝わらなかった。

そして、次の日の午前十二時にその焼肉屋に行くため、ホテルのロビーに来ることになった。

次の日の午前十二時にホテルのロビーに行って、韓国ウォンのお金をホテルの支配人に見せて、模範タクシーに乗った（その頃〈二〇一〇年頃〉、模範タクシーと普通のタクシーとあって、模範タクシーの方がサービスとマナーが良かった）。

行きのタクシーの中で、韓国人の運転手に日本語で、「どこに住んでいますか」と尋ねられた。「兵庫県にサルダ・サッスムニダ（住んでいる）」と私が答えた。

すると、運転手は「サゴイッタ（住んでいる）」と言った。

続けて私が、「韓国教育財団の韓国語教室で、イルニョン（一年）勉強した」と言った。すると、運転手は、「イル（一）ですか、イー（二）ですか?」と尋ねてきた。今度も韓国語ではっきり喋っているのに、伝わらなかった（イルニョン〈一年〉だった）。

話をしていると、すぐに焼肉の店に着いた。そこは、「バンブーハウス」という名の店で、ガイドブックに日本の小泉首相やアメリカのオバマ大統領が使ったと書いてあった。日本語も通じた。

そこで、コッサル（霜降り肉）とロースを注文した。すると、その二品が出てきて、御膳にキムチが載って出てきた。

肉を焼いて、塩をつけて食べると大変美味で、キムチも量が適量で美味しかった。

会計を済ませて店に出ると、ホテルの従業員に警護してもらった。そして、別の模範タクシーに乗って、ホテルに帰った。

そして、次の日は、日本に帰る日だった。午後一時頃、ホテルのロビーに行った。そして、フロントでチェックアウトをして、払ったお金の釣りを出してきたので、「チェンジオーケー」（お釣りはいらないです）と言ったが、韓国の小銭でお釣りを返された。少しすると、空港への送りの韓国人の人が来て、「チカハルさん（私の名前）いますか」と言ったので、私が「チカハルイムニダ（チカハルです）」と言うと、送りの人が「ハングックサラミムニダ（韓国人だ）」と言った。

送りの乗用車に乗った時に、後部座席にシートベルトが見当たらなかったので、「（シートベルトが）オプスムニダ（ありません）」と言うと、ガイドの人が見に来たが、すぐに見つかったので、私は「イッスムニダ（あります）」と言ってシートベルトをした。

二〇一〇年の韓国ソウルは、ビルの建設ラッシュだって、送りの乗用車の中でガイドの人たちが、「（日本語で）ツツジが咲いている」と言っていた。

金浦《ギンポ》空港に着くと、ガイドの女の人が、「韓国語をよく学習できましたか」と日本語で尋ねてきた。私は、「韓国の焼肉を食べました」と日本語で言って、「テクシーウントンスガチンジョルハダ（タクシーの運転手が親切でした）」と言った。すると、ガイドの女の人は、「タクシーの運転手の人が親切だったんですね」と分かったようでした。

そして、日本の関西国際空港行きのアシアナ航空の便に乗った。機内で、乗客の年配の男の人二人が話をしていて、「テレビでやる海外旅行の番組は作っているんだ」と言っていた。そして、男の人二人が話をしていて、「ロシアは、（昔は東西冷戦があって）超大国だというが、大国ではないな」と言っていた。そして、韓国人の若い女性が手に小さな豆粒を持って、隣の日本人の女の人に何か尋ねた。すると、その女の人は、「ピスタチオ」と答えた。私は、韓国語で、ピッサダ（高い）と言っているのかと思ったが、見ると本当にピスタチオ（外国のナッツ）だった。韓国人の若い女性は、「日本人は何でも知っている」と言った。

そして、一時間ちょっと程で関西国際空港に着いた。

家に帰る電車の中で、高齢の夫婦の男の人が女の人に、「将棋をやっている人が多いが、仕事がないからやっているんだろうけど、若い頭のきれる人がそんなことをしていると先がないよ」と言っていた。筆者はそうかなとも聞いていた。

それで、韓国への旅行は終わった。

日本と韓国のこれからの関係

韓国は、「コリアン・ホスピタリティー」というように、儒教の信仰があり、人に対して大変親切である。

二〇一〇年四月に韓国ソウルに行ったが、その時は、韓国の方が日本より五年遅れていると、私は思った。

それから四年後の、二〇一四年四月に、韓国のセウォル号の沈没事件があり、三百人近く死んだということがあった。韓国人の船長が船が沈没する前に一人だけ逃げ出したということであった。日本では、船が沈没する時は、船長が一緒に海の中に沈むか、一番最後に逃げるということである。やはり、韓国は日本に追い着けないのかと、その時は思った。

二〇二三年一月に、韓国の、元徴用工訴訟問題で、韓国が日本企業に賠償させずに、韓国の財団が賠償を肩代わりするということに決着した。そのことから、韓国は国際的にしっかりした対応を取るので、（韓国は）日本にもう追い着いているとも、私は思った。

私の考えでは、日韓の関係は若い人がお互いによく付き合っているので、これからも友好的になっていくと思う。

ロシアについて

水産庁にいた時（香住漁調にいた時）、ロシアのベニズワイガニ船の〝リンカム〟という会社が問題になっていることがあった。
平成九年に、「ロシアの〝リンカム〟という会社の、〈スコロダム〉という運搬船が、北朝鮮の漁港に向かっている」と、私が取締船に乗っている時、連絡を受けたが、その船の後を追っていると日本海の南西部の方へ行っていたが、後で境港漁調から連絡があり、中国の漁港へ向かっているということであった。そして、追跡を打ち切った。

ロシア語はアルファベットが三十三個あり、英語のCに当たる文字がなく、Cと書くと英語のSになる。

東大の時にロシア語を学んでいたが、英語の“What is this?”にあたる“Что это?”が、「チトー　エタ」といわずに、「シトー　エタ」というのに、ロシア語の読みは、文字通りにいうということだったが、そうではなく、なかなか学ぶのは難しかった。

東大で教えてくれた教授は、「ロシア語はドイツ語よりは学ぶのは易しくて、（その頃はソ連崩壊前だったので）東欧に行っても通じるところもある」と言っていたが、私には「ロシア語は難しく、ドイツ語は初級の時は名詞の性（男性・女性・中性）を丸暗記しないといけないから難しいのかも」と思ったり、「深く学ぶと哲学や刑法を学ぶためにドイツ語をするからかな」とも思ったりした。

境港での乗船した初航海

平成九年四月に〈はつたか〉で境港に入港した時は、ロシアの運搬船が不法碇留で境海保に検挙されていた。

平成九年一月の、日本海沖でロシアのタンカーの〈ナホトカ号〉が沈没して重油が流出した時、佐津の無南垣《むながい》まで油の回収のボランティアに行った。

獨協大学の友人の佐藤君も、油の回収のボランティアに来て、私の宿舎に泊まった。

姫路獨協大学での一般教養の講義

獨協大学で一般教養の〝経済学序論〟でロシアの経済がなぜ破綻したのかを題材とした『ソ連型経済はなぜ破綻したか』（多賀出版）『ソ連経済の歴史的転換はなるか』（講談社現代新書）の本を読んで、レポートを出すことがあったので、大学の授業はえらい実践的だなと思った。

ちなみに講談社現代新書ではよく人を殺す。『ソ連経済の歴史的転換はなるか』では、ブハーリンがスターリンに銃殺されたことになっている。そして『ヒトラーとユダヤ人』では、ヒムラーが殺されたことになっている。

境港には、働きにロシア人が来ていて、会社へ行く途中にロシア人が仕事に行くのを日本人の女性が送っている姿を見たり、会社から帰る途中に二人のロシア人が自転車に乗りながらロシア語で流暢《りゅうちょう》に話しながら行っている姿を見かけたことがあった。

五木寛之の『他力』か何かに、ロシア人の話はユニークなところもあると書いていた。

冨士原さんと見合いをした帰りに、加西のコープの建物を建てているのをロシア人がしているのも見たが……。

東大でロシア語を学んでいたので、水産庁で韓国語と中国語を学んだが、韓国語とロシア語をして、水産庁にロシア語の通訳・臨検をできる人間がいても良いかなとも思った。

ロシアのモスクワへの海外旅行

筆者は、二〇一一年（平成二十三年）の十月の終わりに、五泊六日でロシアのモスクワへ旅行に行った。厚手のコートを着て行った。

韓国の大韓航空で、ソウルの仁川《インチョン》で乗り換えて、行った。

仁川空港からの航空便は八時間かかった。

モスクワの空港に着く前に、機上から見下ろすと、乗用車がたくさんライトをつけて走っているのが見えた。

ソウルからの便で、隣に韓国人の年配の男の人が座わっていて、“Are you Japanese?”と聞いてきた。

航空機の中でモスクワに到着する前に、後ろに座わっていた若い男の日本人の人が、腕時計を指して、“forty minutes?”と到着する時刻を聞いてきた（何のことか分からない)。

その日本人の男の人は、モスクワの空港に着いてからも、他の(日本人の)人に、「一人でいて寂しかって、かわいそうだったね」と言われていた。

大阪の関空で、ロシア人の母と子がロシア語で喋っていたが、モスクワの空港では、母親は日本語で喋った。

モスクワでは、シェレメチェヴォ国際空港に到着した。ロシアにおける入国審査の警備をする官憲は共産党の悪口を言うと怒《いか》っていた。

空港の一階には、黒いショールを羽織った夜の女がいた。

ターンテーブルから荷物を取った後空港の構内からの出口がどこか分からなかったので、近くにいる在本君と似た顔をした男の日本人に尋ねるとしっかり教えてくれた。

ガイドのギタリーさんが空港の出入口で、旗を持って出迎えてくれた。

シボレーで、〝アルファ・イズマイロフ〟のホテルまで送ってくれた。

通訳ガイドをしている、男のギタリーさんは、私の家族の名前を尋ねてきてくれた。

ロシア語の会話集にある、「ヤー　ジィブー　フ　コーベ　ブメステ　ソセモイ（私は家族と一緒に神戸に住んでいます）」と言うと、ひどく慌てていた。

私の年齢を尋ねてきたので、「ツリーチャド　ディビャーチ（三十九歳）」と言うと、少しがっかりしていた。

私が、「ロシア語が難しいのにロシア人はみんな喋っているので、（ロシア人は）天才だ」と言いたかったので、「ジーニアス（単語が分からなかったので英語で言った）」と言うと、初めは分からなかったが、後から怒ったようにムッとした。

ホテルへの送りの車の中で、運転しているロシア人とギタリーさんが、「アングリースキー」「アングリースキー」と言っていた（多分英語のことだと思う）。

それで、一日目はホテルに到着して、休んで終わった。

二日目は、モスクワのメトロ見学に行った。女性の通訳ガイドの、ナタリー・エレメンコさんにホテルのロビーに来てもらって、モスクワの地下鉄に乗った。車内には、服を着こんだ若いロシア人の女性や、柄の悪そうなロシア人の若い人がいて、とても混んでいた。

地下鉄の駅に着くと、エレベーターで地上へ上がって、横の壁に綺麗な油絵が掛かっていた。

エレメンコさんには、〝ロシアの外務省〟の建物を見せてもらった。威厳があって壮重な建物だった。ロシアでは、乗用車は駐車場がないので、会社の前の道路に駐車していた。

その後、ロシアの繁華街を歩いて、橋を渡っていって途中から、向こうの遠くを見ると、建物があり、〝モスクワ大学〟の建物だと教えてもらった。冬場は、大学の敷地は広いので、学生は大学の中でずっと暮らすそうです。

そして、お土産物屋に行き、ロシアの風物の載った紙葉書（アトクリーティカ）と、キャビア（ちょうざめの卵・世界三大珍味）の瓶を買った。
それで、その日の行動は終わった。

三日目に、見物に行く前に、ホテルの一階のクローク（荷物預かり所）で、一〇〇ルーブルを出して、荷物を預けた。

三日目は、エレメンコさんと一緒に、乗用車に乗せてもらって、クレムリンの見物に連れて行かれた。
乗用車の中で、エレメンコさんと運転手のロシア人の人が、ロシア語で「ラポータ、ラポータ」とよく言っていたが、おそらく私が仕事がないことを言っていたのだろうと思う。
クレムリンに着くと、「赤の広場」を歩かせてもらった。「赤の広場」とはクレムリンの建物の前の通りの全てをいう。赤の広場では、他のヨーロッパから来た人と中国人がいた。

そして、クレムリンの敷地の中にある、「聖ワシリー寺院」を見て、エレメンコさんに私と一緒の写真をデジカメで撮ってもらった。

その後、「聖ワシリー寺院」の構内で少年合唱団の人たちが、アカペラで讃美歌を歌うのを聴かせてもらった。

「聖ワシリー寺院」には、アラベスクといって〝唐草紋様〟の彫刻があった。

次の日は、夕方に帰る日で、自由行動だった。

ホテルの各階には、〝デェジュルナヤ〟といって管理人がいて、カギの管理や冷蔵庫の品物の管理をしていた。

ロシアでは、ミネラルウォーターは、炭酸入りのものと普通のものがあった。

冷蔵庫の中には、炭酸入りのミネラルウォーターが入れてあり、（チェックインしてから）二日目か三日目に、（冷蔵庫の中のものを）補充してあった。〝アプレシン〟という、オレンジジュースの紙箱も補充してあった。

ホテルの部屋の壁には、西洋画の水彩画の風景を描いた絵画が掛けてあった。

ホテルのフロアーには、東洋の竹と中国の漢字の模様が載ったカーペットが敷いてあった。

夜にホテルの部屋の窓から見ると、ベータ・イズマイロフの建物のネオンが光っているのが見えた。

送りの車が来る前に、ホテルの周りの道を散策していたが、ロシアの警察が歩いていたので、少し恐かった。治安はそんなに悪くないが、外国人には言いがかりを付けるものもあるとガイドブックに書いてあった。近くのデパートに昼食を食べに行こうとしていると階段を上ろうとしていると、他のアジア系かラテンアメリカ系の外国人に、行かない方がいいと教えられた。

ホテルのカフェで、サロンのようにロシア人の中年の婦人たちが、お茶を飲みながら話をしているのを見た。

クローク（荷物預け所）の横には、〝アプティカ〟という薬局があった。

午後三時頃、迎えの車が来て、ホテルをチェックアウトした。行きの時来た、ギタリーさん（ガレーリアさん）と運転手のベッカーさんが来た。ギタリーさんは、行きと同じく私の家族の名前を聞いてきたので、私は「父の名前はイオシミツといいます」と答えた。するとギタリーさんは、「ウシミツさんですか」と言った。

空港へ行く途中、初めは道は空《す》いていたが、空港に近づくと道は混んでいた。そして、シェレメチェヴォ国際空港に着いた。

車から降りた時、ギタリーさんとベッカーさんとに、「ダスダーニア（また会う日まで・日本語のさようなら）」と言って二人に握手して別れた。

モスクワの空港からは、午後八時頃飛行機が離陸した。飛行機に乗る前の検問で、私がもたもたしていた時、検問の職員が何と言ったかよく分からないが、

「初めて受けるわけじゃないのに……」ということをこぼしていた。

モスクワは、十月の終わりに行ったが、朝八時くらいでも外は暗かった。

ロシアはギリシア正教で、イコンといって、日本の仏教のように、キリストの肖像画の絵を崇める、偶像崇拝である。

ロシアのモスクワへ旅行しての感想

ロシアは日本と同じで自分の国の文化を、大切にしている国だった。

行きの迎えの車の中の、ガイドのギタリーさんと運転手の会話でも、ロシア語は滑らかで、二人で交互に喋っていても、濁らず、はっきり聞こえた。

ロシア人は女も男も美しい人が多いようだった（ロシアの結婚件数も多いが、離婚件数も多い）。

残念ながら、ロシア人は私より頭が良く、うちの父みたいだった（欧米人みたいだった）。

ロシア人のガイドの人は男の人も女の人も（サルではなく）人間であった。

ロシア人はガイドの人も女の人もシャーフマタ（西洋将棋・チェス）をできるようだった。

行きのモスクワの空港の構内を歩くと、ロシア人の男も女も高級な香水の匂いがした。

中国について

私が、初めて、中国漁船を見たのは、平成八年（一九九六年）十二月の、隠岐島の浦郷湾か西郷湾であった。中国のトロール漁船の「烟漁（yan yu）」という船名の漁船が五、六隻、湾に避泊していた。

黒くて、ゴミがたくさん付いた大きな船で、汚くて私は吐きそうになった。

私が見たのは、三十年近く前なので、今はどうなっているか分からない。

中国の内水面では、今から（二〇二三年現在から）二十年程前に読売新聞に書いてあったが、河川（長江）が汚染されて、魚の漁獲量が半減したといっていた。

私の実家の近くの町工場には、昔から中国人の労働者が働きに来ていた。中国は近年発展しているが、私は日本にとって敵国だと思う。が、年配の人には、私を採ってくれた森田所長のように、アメリカが嫌いで中国が好きな人もいるが……。

森田所長は午後三時のお茶の時間に、コーヒーでなく紅茶をいつも飲んでいた。

恒松さん（水産庁の名物男）について

本官が水産庁に入省した時、本庁の沖合課の取締班の班長は、恒松さんだった。私が香住漁調にいた時、新潟沖に漁業違反の船があって本庁取締船を行かせたかったが、予定コースの金沢沖に先に行ってから回航するように恒松さんが指示したことがあった。その時、上司の小谷さんは、「班長は苦労性だな」と言っていた。

恒松さんは、香住の所長になる前に、本庁にいた時、班長で他の班長とひどい喧嘩をしたが、恒松さんの方が悪かったのに、相手の班長の方が水産庁をクビにされたということだった。

恒松さんは香住漁調の所長を昔していたが、その時私の上司の小谷さんも一緒に仕事をしていた。私が香住にいた時、恒松さんが来て小谷さんと方言を使った、日本語の面白いよい話をしていた。

私を採ってくれた森田さんの二代前の香住の所長が恒松さんで、その時、梶脇さんが入省していた。梶脇さんは技官で島根県の隠岐島の旅館の息子だった。筆者の父方の親戚も隠岐島の出身だったので親近感が湧いた。山口県下関市の水産大学校の卒業生だった。就職してから、恒松さんに黙って、国家公務員上級職の試験に通って、(上級職の職員に) なったので (恒松さんは) 機嫌を悪くしていた。

恒松さんは、鹿児島大学水産学部の卒業生で、私を採ってくれた森田さんと同じ熊本県の出身だった。その森田さん曰く、恒松さんは鹿児島大学の練習船の乗組員で、それから水産庁に入り、試験上がりではないということだった。

恒松さんはボクシング部だったそうだ。

恒松さんは、沖合底曳網の〝山本ロープ〟の山本肇《はじめ》さんと仲が悪かったが、森田さんは大中型まき網の共和水産と仲が悪かった。

平成九年六月、東京湾でタンカーの転覆事故があったが、その船の船長が〝常松〟という名前だったので、恒松さんはがっかりしているだろうと思った。

恒松班長が、兵庫県香住町から鳥取県境港市への漁業調整事務所の移転を進めた。初めの案では、兵庫県香住町の沖合底曳網漁船の隻数がここ十年程で減っているので、鳥取県の境港市に事務所を移転させ、その方が東京の本庁から来るのが便が良い（米子空港が近いので）とのことであった。

私が境港で勤めていた時、本庁の年配の男の人が二人出張で来ていたが、事務所内のホワイトボードに恒松さんの名前が書いてあるのを見て、「恒松さんが来てるんや」と言って、恒松さんのことを知っていた。

あとがき

筆者は、水産庁の取締船〈はつたか〉にある時乗船した時、隠岐島の周りを一周した時に感じた。隠岐島の周りには、海流が回って流れていたが、島後の北のところで海流が反対のところもあった。それが東側か西側か分からないということである。

著者プロフィール

神田 周治（かんだ ちかはる）

1972年 3 月27日生まれ
兵庫県出身
元農林水産事務官
元水産庁職員

隠岐島周辺の海流について

2023年12月15日　初版第 1 刷発行

著　者　神田 周治
発行者　瓜谷 綱延
発行所　株式会社文芸社
〒160-0022　東京都新宿区新宿1－10－1
電話　03-5369-3060（代表）
03-5369-2299（販売）

印刷所　株式会社平河工業社

ISBN978-4-286-24666-6